THE
COUNT OF NARBONNE,

O U

LE COMTE DE NARBONNE;

T R A G É D I E,

Par Robert JEPHSON, Écuyer.

Représentée, pour la première fois, sur le Théâtre Royal de Covent-Garden, en l'année 1781.

NOTICE SUCCINCTE

DE LA VIE DE ROBERT JEPHSON.

LA vie d'un Auteur qui existe encore, fournit peu d'incidens intéressans ; c'est à sa mort qu'on le loue ou qu'on le blâme. Le seul tribut qu'on puisse actuellement offrir à ses talens, est celui de l'admiration : tribut qui doit l'engager à continuer une carrière, où il s'est déja distingué par les succès.

Robert Jephson, natif de Dublin, & Membre du Parlement d'Irlande, doit le développement de son génie pour l'art dramatique, aux encouragemens du Lord Townshend, autrefois Vice-Roi de ce royaume. Ce jeune Auteur a composé les Tragédies suivantes : *le Duc de Braganza*, *le Comte de Narbonne*, & *la Loi des Lombards*, pièces qui ont été reçues du Public avec les plus grands applaudissemens.

PERSONNAGES.

RAYMOND, Comte de Narbonne.

AUSTIN, Moine.

THÉODORE, déguisé sous des vêtemens villageois.

FABIEN, ancien Officier du Comte.

HORTENSE, Comtesse de Narbonne.

ADÉLAIDE, sa Fille.

JACQUELINE, Confidente d'Adélaïde.

Suite du Comte.

La Scène se passe au Château de Narbonne, & dans le Monastère de S. Nicolas, voisin du Château.

LE COMTE DE NARBONNE,
TRAGÉDIE.

ACTE PREMIER.

Le Théâtre représente le vestibule du Château du Comte.

SCÈNE PREMIÈRE.

LE COMTE, *vient sur la scène en s'adressant à un Officier,* FABIEN *le suit d'un air inquiet.*

LE COMTE.

Quoi! point de nouvelles? Est-ce là ton zèle, ta fidélité? Isabelle n'a pu sortir du château à ton insçu: perfide! tu m'as trahi.

A

L'OFFICIER.

Mon devoir, Seigneur...

LE COMTE.

Dis plutôt ta négligence. Sors d'ici : avant une heure ramène Isabelle en ces lieux, ou, par le soleil qui m'éclaire, je jure que l'univers sera dorénavant ta patrie. (*L'Officier sort.*)... Reste, Fabien ; le poids de mes malheurs accroît chaque jour ; il me laisse à peine respirer.

FABIEN.

Le ciel est témoin, Seigneur, des vœux que je fais pour votre repos. Mais, quel nouveau malheur vous accable ? La perte de votre fils, mort depuis trois jours, doit sans doute vous affliger.

LE COMTE.

Souvenir trop cruel ! Hélas ! ce fils, seul espoir de ma maison ; ce fils m'est ravi pour toujours.

FABIEN.

L'accident qui vous l'enleva est horrible...

LE COMTE.

Je ne puis y penser sans frémir. La mort

m'avoit déja privé de deux fils ; mais je vis arriver l'instant fatal où j'allois les perdre. La maladie s'approchant d'un pas lent de leur berceau, accoutuma mes yeux à la voir s'emparer de sa proie... Mais Edmond, mon pauvre Edmond !... Rappelles-toi, Fabien, avec quelle joie il partit pour la chasse.

FABIEN.

Hélas ! Seigneur, ce souvenir ne s'effacera jamais de mon cœur.

LE COMTE.

Fatal coursier ! Don funeste d'un père trop aveugle ! Ce coursier orgueilleux, fier de son fardeau, dans l'ardeur qui l'agite, parcourt les plaines, franchit les monts, & tombe avec mon fils dans un affreux précipice. Couvert de blessures, on rapporte cet enfant chéri à Narbonne, où il expire à mes yeux. Présomptueux projets ! Ce jour destiné à finir, par son hymen avec Isabelle, les troubles qui divisent nos maisons, fut un jour infortuné pour moi. La froide tombe a enseveli tous mes desseins.... N'en doutons plus, Fabien ; c'est l'ordre du destin. Cette affreuse prédiction annoncée depuis si long-tems s'accomplit aujourd'hui, & va détruire ma famille. Ni prudence, ni prières n'en peuvent faire révoquer l'arrêt.

FABIEN.

Tranquillisez-vous, Seigneur. S'il falloit s'affliger sur la foi d'un rêve, sur les visions chimériques d'un esprit affoibli, quelle famille jouiroit du repos? Qui peut se flater de pénétrer dans l'avenir? Mais , Seigneur, m'est-il permis de m'informer pourquoi la fuite d'Isabelle vous alarme?

LE COMTE.

Isabelle seule peut calmer mes craintes ; je fonde sur elle tout mon espoir. Je t'en dirai davantage dans un autre moment ; celui-ci demande d'autres soins. Un Hérault envoyé par son père, par l'implacable Godefroy, est chargé de me proposer de lui céder paisiblement Narbonne, ou d'en assurer mes droits par le sort du combat.... Ecoute, Fabien : parle-moi sans détours ; ne crains point de blesser ma délicatesse, en me dévoilant la vérité... Le Comte Raymond, mon père... ne baissez pas les yeux... ne t'a-t-il jamais dit, ne t'a-t-il jamais fait comprendre si la fraude ou la générosité l'ont nommé l'héritier d'Alphonse?

FABIEN.

Ah! Seigneur, mon silence vous a prouvé mon zèle ; permettez de me taire : qu'exigez-vous ?...

LE COMTE.

De me dire la vérité. Tu m'as vu naître ; tu connois mon courage : crois-tu que mon ame, comme un foible roseau agité par le vent, cède au plus léger revers. Non, non ; quand la tempête menace de m'écraser, à l'exemple du chêne, je brave toute sa fureur... Parle, & que ce soit sans détours.

FABIEN.

Eh bien! Seigneur, la renommée... Mais votre fidèle Fabien méprise ces récits.

LE COMTE.

Tes doutes me désespèrent ! Peux-tu m'apprendre des nouvelles plus terribles que cet infernal écrit ? Dans ce cartel, le fier Godefroy, l'orgueilleux père d'Isabelle, accuse le mien d'être l'assassin d'Alphonse, d'avoir forgé le testament qui l'a rendu maître de Narbonne.

FABIEN.

Des rapports publics, il est vrai, ont accusé Raymond d'avoir empoisonné Alphonse. A la dernière croisade ils partirent ensemble pour la Palestine : Alphonse y mourut ; & malgré les droits de Godefroy, Raymond lui succéda dans ses états. On a dit, Seigneur, qu'il les acquit sur la foi d'un testament dicté par l'artifice....

LE COMTE.

C'est une imposture, une calomnie publiée par Godefroy, pour aliéner de moi les cœurs de mes sujets. N'a-t-il pas fait le voyage de la Palestine pour y recueillir de faux témoignages? Ne les a-t-il pas ensuite fait valoir contre moi?

FABIEN.

Personne n'ignore l'ardeur qu'il a de se venger.

LE COMTE.

Un motif si méprisable lui fit inventer des prophéties, qui me glace encore d'effroi. Tu connois cette prédiction, dont je ne puis m'empêcher de frémir : « La colère céleste poursuivra la postérité » de Raymond, & ne s'appaisera qu'au moment » où le légitime héritier d'Alphonse jouira du » bien de ses ancêtres. » Une telle prophétie encourage la superstition; elle ébranle les fondemens de ma grandeur, & rend mes états chancelans ; elle corrompt la foi de mes vassaux : au lieu de répandre des larmes sur les maux qui m'accablent, un morne silence m'annonce qu'ils voyent mes malheurs d'un œil indifférent. Oui, Fabien ; ils les attribuent à la justice divine, à la punition due au crime de mon père.

FABIEN.

L'ignorance les excuse. — Mais, qu'avez-vous répondu au défi de Godefroy ?

LE COMTE.

Je l'ai accepté…

FABIEN.

Ah ciel !…

LE COMTE.

N'en doute pas, Fabien ; ce ciel que tu invoques défendra la cause de ton maître. Quelle est cette rumeur ?…. ce bruit confus ?…. Ah ! peut-être c'est Isabelle… Va, cours, conduis-la dans ces lieux. (*Fabien sort.*) Isabelle méprise mes feux ; l'amour, l'hymen, tout ce que je lui propose comme gages de ma foi, lui fait horreur. Ingrate ! tu as préféré la fuite à la douceur de me rendre heureux… Je veux la posséder ; il faut que sa main m'assure les droits que Godefroy réclame sur Narbonne... Déja sa beauté a subjugué mon cœur... A l'instant même où j'allois l'unir à mon fils, je brûlois du feu qui me dévore... j'enviois le bonheur de ce fils... je voyois son hymen avec chagrin... la mort a écarté cet obstacle : livrons-nous à mes desirs... Mais, ma femme! ma fille! quelle sera leur douleur?... Etouffons les remords d'une conscience trop rébelle, & profitons des faveurs que m'offre la fortune...

SCÈNE II.

LE COMTE, FABIEN, THÉODORE, *déguisé sous des vêtemens villageois, & conduit par les Gens, les Officiers & les Soldats du Comte.*

LE COMTE.

A-T-ON retrouvé Isabelle?

UN OFFICIER.

Tous nos efforts sont inutiles ; aucun lieu, aucun souterrain n'ont échappé à nos recherches.

LE COMTE, *à part.*

Quel affreux contre-tems!

L'O F F I C I E R.

Comme nous approchions de ce passage souterrain qui conduit au Monastère voisin , tout-à-coup
un bruit répété sous la voûte...

L E C O M T E.

Achevez promptement.

L'O F F I C I E R.

Nous entrons dans ce souterrain , & nous recon-
noissons , à un tourbillon de poussière , qu'on y
venoit d'ouvrir une porte fermée depuis long-tems.

L E C O M T E.

N'en doutons plus , c'est la porte par où Isabelle
a fui... Mais quelqu'un l'a sans doute aidé ; ses
mains délicates n'ont pu lever seules ces énormes
barreaux ?

L'O F F I C I E R , *en montrant Théodore.*

Voici celui qui doit avoir secondé ses desseins.
Nous nous serions sans doute rendu maîtres d'Isabelle ; mais il s'est opposé à nos efforts , & lui a
donné le tems de fuir. J'aurois puni son audace ,
si ce regard imposant n'eût suspendu mes coups :
lui-même , Seigneur , pourra vous instruire de la
vérité.

LE COMTE.

Qui es-tu?

THÉODORE.

Ton prisonnier. Rends-moi la liberté, & je t'en apprendrai davantage.

LE COMTE.

Qu'on détache ses fers. Tes traits ne me sont pas étrangers... réponds-moi? T'as-t-on trouvé dans l'endroit qu'on vient de nommer?

THÉODORE.

Oui.

LE COMTE.

Quel dessein t'y a conduit?

THÉODORE.

Le hasard.

LE COMTE.

Et c'est sans doute aussi par hasard que cette fugitive a reçu tes secours?

THÉODORE.

Comment peux-tu le savoir? personne n'en fut témoin.

LE COMTE.

N'espère pas de m'en imposer : la délicate

Isabelle pouvoit-elle , sans l'aide de tes bras nerveux, s'ouvrir un tel passage ? Perfide! sans tes secours odieux...

T H É O D O R E.

Elle seroit où je suis.

L E C O M T E.

Audacieux! quoi! tu m'avoues ton crime, & tu oses t'en vanter. (*A part.*) Tant d'assurance , & un si humble vêtement, annoncent sans doute un grand mystère. (*Haut.*) Je veux savoir qui tu es?

T H É O D O R E.

Tout autre que ce que je te parois aujour-d'hui.

L E C O M T E.

Réponds-moi avec franchise. Quel est ton nom, ta patrie ? Cet habit qui devroit t'enseigner l'humilité, m'apprend ta condition.

T H É O D O R E.

Je m'appele Théodore ; la France est ma patrie : ces vêtemens s'accordent mal avec mon caractère & ma naissance ; mais ils conviennent à ma fortune.

LE COMTE.

Je m'apperçois qu'ils nous dérobent un valeureux chevalier, un jeune héros, dont l'humeur hautaine dédaigne les cérémonies, méprise les usages ; & sans attendre qu'on l'invite, vient parcourir les vestibules de nos châteaux pour y défendre la beauté opprimée, ou plutôt pour nous enlever nos trésors. Où est ta suite ? Où sont tes pages, tes écuyers ? Végètent-ils dans quelqu'endroit écarté ? Excuse mon ignorance : si j'avois été instruit de ton rang, de ta qualité, je t'aurois reçu avec plus d'éclat.

THÉODORE.

Un secret respect m'attache à toi ; il m'empêche de répondre à ce propos insultant.

LE COMTE, *à part.*

Je ne puis, sans m'avilir, endurer tant d'outrages !

THÉODORE.

Tes levres tremblantes, tes yeux étincelans, annoncent la colére. Calme-toi ; ne permets pas à ta bouche des paroles indignes de nous deux : malgré l'état obscur où je parois ici, je ne pourrois tranquillement endurer d'autres outrages ; sois moins hautain, & je t'instruirai de la fuite d'Isabelle.

LE COMTE.

Commence, je t'écoute.

THÉODORE.

J'errois dans l'enceinte de ces murs sans nul dessein de te nuire. Seul, dans une aîle du château, j'entends tout-à-coup marcher d'un pas précipité : des soupirs mêlés d'accens douloureux, annoncent la crainte de quelqu'un qui fuit, ou qui est menacé d'un grand péril. Bientôt je vois entrer une jeune beauté ; ses traits portoient l'empreinte de la frayeur ; la pâle lueur d'une lampe qu'elle tenoit à la main, guidoit ses pas chancelans ; elle me voit & s'écrie : « le seigneur, le » tyran de ce château me poursuit ; il a un dessein » criminel : puis me montrant un endroit écarté, » sauvez-moi, me dit-elle ; cette porte conduit » à un monastère. » Je me saisis aussi-tôt du verrouil qui la ferme ; & tandis qu'avec effort je lui ouvre ce passage, elle m'apprend son nom...

LE COMTE.

Isabelle....

THÉODORE.

Elle - même. La clarté des flambeaux nous annonça qu'on la poursuivoit ; elle n'en put dire davantage ; elle franchit la porte , & disparut aussi-tôt.

LE COMTE.

Quoi ! à l'aspect du tyran tu n'as point succombé sous la crainte de ton offense ?

THÉODORE.

L'innocent méprise la crainte...

LE COMTE.

A t'entendre , tu sembles être le maître de ces lieux. Crois-tu impunément traverser mes projets ? Penses-tu te soustraire à ma puissance ? Téméraire ! à te juger à ton maintien, si ma fille eût besoin de ton bras , tu la défendrois peut-être contre le pouvoir de son père.

THÉODORE.

Fasse le ciel que ta fille ait besoin de mon bras !

LE COMTE.

Adélaïde mépriseroit un pareil Chevalier.

THÉODORE.

Peux-tu condamner mon zèle ? Périsse la main qui refuse du secours aux opprimés.

LE COMTE, *ironiquement.*

Quel excès de valeur !

THÉODORE.

Quel excès d'insensibilité ! Mais vous-même, Seigneur, malgré ce regard farouche, si votre cœur étoit enflammé par une noble ardeur, hésiteriez-vous de protéger la beauté gémissante ? Non, non ; vous braveriez tout péril pour la sauver.

LE COMTE, *à part.*

Son discours, son maintien assuré, font naître dans mon cœur des soupçons que je dois éclaircir. (*Haut.*) Je veux te croire innocent ; peut-être l'appât du gain, ou d'autres motifs plus forts encore t'ont séduit. (*Aux Soldats.*) Qu'on le garde en attendant qu'une autre entrevue le justifie ou le condamne. Allez.

THÉODORE.

La pureté de mon ame n'a rien à redouter de vos précautions. (*Il sort entouré de Gardes.*)

SCÈNE III.

LE COMTE, FABIEN.

LE COMTE.

D'où vient le trouble qui m'agite ? Mon ame autrefois ferme & inébranlable , résistoit aux coups de l'adversité; aujourd'hui semblable à un frêle navire, jouet des flots, tout l'inquiète & l'épouvante. Sortons de ce honteux esclavage ! (*A Fabien.*) Va au Monastère voisin, & prie le pieux Austin de se rendre ici. (*Fabien sort.*) Ce vénérable Religieux, par sa sainte éloquence, calmera peut-être les tourmens qui déchirent mon cœur... Brisons les liens qui m'unissent à Hortense ! Ce divorce doit assurer mon repos... Mais comment l'y faire consentir?.... Austin ; oui, Austin peut lui faire approuver ce projet important. Quels moyens employerai - je pour l'engager à me servir? Seront-ce ceux que fournissent l'ambition?... Non , non ; il méprise les grandeurs... Sera-ce par l'appât des richesses ?... L'or perd sa valeur quand on n'a pas de besoins... Empruntons le masque de la réligion : feignons des remords de mon mariage avec ma parente...

Inutile

Inutile stratagême ! Austin révère la vertu d'Hortense : troubler son repos, lui semblera plus criminel que d'être son époux. La voici : son maintien, les larmes qui mouillent son visage, me forcent à lui cacher mes desseins.

SCÈNE IV.

LE COMTE, LA COMTESSE.

LE COMTE.

Ou est ma fille, ma chère Adélaïde ?

LA COMTESSE.

Mérite-t-elle seule ce tendre empressement ? Hélas ! Seigneur, j'ai vu le tems où trois jours d'absence se réparoient par vos soins les plus doux ; vous vous plaisiez alors à partager mon impatience. Satisfait de votre bonheur, vous ne dédaigniez pas d'écouter le moindre détail de mon amour pour vous....

LE COMTE.

Sexe impérieux ! faudra-t-il toujours, qu'à l'exemple de l'Iris, nous empruntions les nuances de notre humeur sur les rayons vacillans de vos

B

caprices? Si votre cœur se dispose à la colère, à la tendresse, aussi-tôt le nôtre pour vous plaire doit être affecté des mêmes passions. Veut-on se soustraire à ce joug accablant, les plaintes, les murmures se succèdent, & tout est discorde où régnoit l'harmonie.

LA COMTESSE.

Ce langage m'étonne & m'afflige; jamais vous ne m'avez parlé ainsi...

LE COMTE.

Jamais je ne fus menacé d'autant de dangers.

LA COMTESSE.

Est-ce votre Hortense qui les fait naître?...

LE COMTE.

C'est vous, c'est l'univers entier. Hier encore je dictois des loix dans Narbonne; j'y gouvernois sans crainte; j'étois le souverain de ces forts, de ces vastes campagnes: aujourd'hui quel changement, grand Dieu! peut-être en ce moment la hache qui tranchera le fil de mes jours s'apprête: la terre que je foulois en maître deviendra mon tombeau, & le partage de l'implacable Godefroy.

LA COMTESSE.

Instruite de ses menaces, j'accours pour implorer à vos pieds d'en éviter l'effet. (*Elle se jette à ses pieds.*) Ah! Seigneur, quittons ces lieux funestes; cédons par la fuite cette sombre demeure à un parent ambitieux. De puissantes raisons m'obligent à vous en conjurer...

LE COMTE.

Femme timide & craintive, levez-vous : renoncerai-je aux droits de ma naissance, pour errer en fugitif? Si j'en avois la foiblesse, vous même en rougiriez.

LA COMTESSE.

Connoissez mieux le cœur d'Hortense : un désert, des vallons solitaires, avec ma fille & vous, seront un séjour préférable à cet odieux château.

LE COMTE.

Espérez-vous d'engager un Monarque à quitter ses états, un guerrier à renoncer au combat, sur des craintes puériles?...

LA COMTESSE.

Les prodiges, nos désastres ne vous effrayentils point ? L'oiseau ténébreux de la nuit pousse des cris pendant le jour ; des spectres, des fantômes troublent notre repos ; un bruit épouvantable fait retentir les voûtes des sombres cavernes ; les orgueilleuses tours de ces remparts semblent ébranlées au moindre zéphyr ; nos enfans périssent, & chaque jour est marqué par un nouveau malheur : c'est le sang qui crie vengeance...

LE COMTE.

Quel sang? Ai-je répandu un sang innocent? Loin de moi tout soupçon outrageant ! Allons braver le trépas?

LA COMTESSE,

Arrêtez! un crime...

LE COMTE.

De quel crime parlez-vous?

LA COMTESSE.

Cet horrible secret pèse depuis long-tems à mon cœur. Mille fois ma bouche prête à vous en instruire, s'est fermée par la crainte de vous affliger.

LE COMTE.

Achevez mon supplice : parlez.

LA COMTESSE.

Votre père...

LE COMTE.

Eh bien !...

LA COMTESSE.

Est l'assassin d'Alphonse.

LE COMTE.

Ah ciel ! qui vous a instruit de cet affreux mystère ?

LA COMTESSE.

Lui-même. Pendant votre voyage en Italie, votre père, comme vous le savez, fut confié à mes soins. Prêt à succomber sous le chagrin qui le dévoroit, il me fit approcher de son lit : le teint livide, les cheveux hérissés, il fixoit ses yeux sur le portrait d'Alphonse : « Le voilà ; ma » fille, s'écria-t-il, voilà la malheureuse victime » de mon ambition ; il me lance des regards » effroyables ; il me montre la coupe fatale : ah ! » ma fille, ne m'abandonnez pas. »

LE COMTE, *à part.*

Affreuse certitude !

LA COMTESSE.

Puis me saisissant la main, il la portoit à ses yeux étincelans, la mouilloit de ses larmes : « Je » suis le meurtrier d'Alphonse, répéta-t-il ; » invoquez le ciel en faveur d'un homicide : » spectre horrible ! le voilà qui m'indique la » route du tombeau. Ah ! ma fille, » & aussi-tôt il expire!...

LE COMTE, *à part.*

Ce récit me glace d'effroi! (*Haut.*) Que ce secret s'ensevelisse dans votre sein & dans le mien. Ne souillons pas la renommée d'un père sur d'aussi méprisables témoignages : la foiblesse a sans doute dicté ces remords ; la superstition les accréditeroient.

LA COMTESSE.

Renoncez au moins à combattre Godefroy,

LE COMTE.

Occupons-nous de soins plus importans : tâchons d'opposer à mon ennemi le courage & l'artifice. Qu'Adélaïde essaie le pouvoir de ses attraits sur le cœur le Godefroy. S'il s'attendrit pour elle, cet hymen nous assurera la paix.

Allez préparer votre fille à m'obéir , qu'elle
relève l'éclat de ses charmes par-tout ce que les
ornemens ont de plus séduisans : peut-être par-
viendra - t - elle à détourner l'orage qui nous
menace : peut-être désarmerons-nous la rigueur
du destin.

Fin du premier Acte.

ACTE II.

Le Théâtre représente une Salle du Château.

SCÈNE PREMIÈRE.

FABIEN, JACQUELINE.

FABIEN.

LES ordres du Comte sont positifs.

JACQUELINE.

Un moment seulement; personne ne l'instruira de cette démarche.

FABIEN.

Je ne veux pas encourir sa colère pour une vaine curiosité.

JACQUELINE.

Un motif plus généreux m'amène auprès de vous : je puis tout à la fois délivrer votre captif, & bannir les soupçons de votre maître.

FABIEN.

Je ne puis vous satisfaire; mais vous, Jacqueline, vous depuis neuf ans au service de la Comtesse, ignorez-vous que le Comte de Narbonne est noble & généreux quand on le sert, mais terrible quand on l'offense? Quel puissant intérêt vous entraîne vers cet étranger?

JACQUELINE.

La reconnoissance; c'est à ses soins, c'est à son courage qu'Adélaïde doit la vie. Rappelez-vous l'accident affreux qui menaça ses jours: abandonnée par des serviteurs tremblans & fugitifs, elle alloit être la proie des vils esclaves...

FABIEN.

Quoi! lorsqu'attaquée par l'infâme Thiery dans la forêt de Zart, un Dieu propice vola à son secours, ce fut cet inconnu?

JACQUELINE.

Lui-même. Ah! Fabien, quelle valeur, quelle intrépidité il opposa à ces indignes assassins: seul, il les combattit, & sauva la fille de son persécuteur.

FABIEN.

Magnanime étranger! au lieu de fers tu mérites des trophées. — Je ne m'étonne point de sa bravoure: l'aimable, la douce, la belle Adélaïde inspire une telle valeur. Moi-même, malgré les glaces de l'âge; moi même je ne puis la voir sans émotion : que j'aime sa modestie, & qu'Adélaïde est digne d'un si valeureux Chevalier.

JACQUELINE.

Pourquoi le Comte l'a-t-il chargé de fers?

FABIEN.

Par un excès de fierté. Son captif a dédaigné d'implorer sa clémence. Mais, rassurez-vous; dans un moment propice j'engagerai mon maître à lui rendre la liberté. Allez dire qu'Adélaïde se repose sur mon zèle, que son libérateur aura tout mon appui. Adieu; je vais tâcher de consoler sa misère.

JACQUELINE.

Que vos soins seront agréables à l'aimable fille de Raymond : mais la voici.

(Fabien sort.)

SCÈNE II.

ADELAIDE, JACQUELINE.

ADÉLAÏDE.

Est-il instruit de mes alarmes? M'excepte-t-il des vils émissaires de mon père? Conçoit-il ma douleur? Comment supporte-t-il cet outrage? Que vous a-t-il dit?

JACQUELINE.

Je n'ai pu pénétrer dans sa prison, Madame. Fabien gémit sur la rigueur de votre père; mais rien ne peut lui faire oublier son devoir.

ADÉLAÏDE.

Insensible vieillard! Moi-même j'accourois implorer son secours; mais ces larmes, Jacqueline; ces larmes eussent trahi un secret qu'en vain je cache à mon cœur.

JACQUELINE.

Ces soupirs, cette tristesse qui vous accable, sont garants de l'amour qui vous dévore : ce teint égal à l'éclat de la rose, est terni par la douleur; la sombre nuance d'un noir chagrin a succédé au brillant de vos yeux. Prenez garde, Madame;

souvent notre destinée dépend des premières impressions que reçoit notre cœur.

A D É L A Ï D E.

Je le sais, Jacqueline ; la honte d'un mauvais choix entraîne toujours les regrets ; l'obscurité de la naissance fait présumer un esprit grossier. De tels mortels, dit-on, à l'exemple d'une plante sauvage, croissent, végètent & périssent dans l'oubli. Mon amant, né d'un sang égal au mien, compte des princes, des héros parmi ses aïeux.... En un mot, le nom de Valois qu'il porte, n'autorise-t-il pas mon choix ?

J A C Q U E L I N E.

Craignez qu'il n'ait tenté de vous séduire par des récits imposteurs.

A D É L A Ï D E.

Non, non, le mensonge n'a point souillé ses discours : mille fois il m'a tenu le même langage, & jamais il n'a varié dans le récit de ses malheurs. Généreux jeune homme! tu fus dès ton enfance le jouet de la fortune, quand cessera-t-elle de t'accabler ?

J A C Q U E L I N E.

Que son sort m'intéresse !

ADÉLAÏDE.

Que le mien est à plaindre! la douleur de voir
ces murs lui servir de prison, me déchire le
cœur. Ah! si j'y commandois, des fêtes brillantes
y célébreroient sa présence: ces portes, ouvertes à
son approche, le recevroient au son des instrumens.
Quelle différence! hélas! on le traîne devant un
juge sévère, on le menace, on l'insulte; & sans
daigner l'écouter, on le plonge dans une affreuse
prison.

JACQUELINE.

Si votre père eût su qu'il lui doit sa fille,
peut-être...

ADÉLAÏDE.

Pour empêcher l'injustice, crois-tu qu'un héros
fasse valoir ses exploits? Content de son mérite,
il méprise les suffrages, & permet au vulgaire
de s'étonner de ses vertus.

JACQUELINE.

Modérez ces transports: si votre père décou-
vroit ce funeste penchant, il s'en vengeroit sur
l'innocent objet de votre tendresse.

ADÉLAÏDE.

Oui... j'étoufferai mes soupirs; mais essayez

d'arracher à mon père sa malheureuse victime : employez les prières ; disposez de mes joyaux ; n'épargnez rien pour parvenir à le sauver... Ah ! si je possédois l'univers, j'en céderois l'empire pour rompre les fers de Théodore ! J'étale ici le faste des richesses, tandis qu'il languit dans l'indigence !

JACQUELINE.

Reposez-vous sur moi, j'adoucirai son sort... Essuyez vos larmes. Voici votre mère qui s'avance vers ces lieux : sa pénétration découvriroit bientôt la source de votre chagrin, & renverseroit tout notre espoir. Adieu ; je vais porter vos bienfaits à Théodore. (*Elle sort.*)

ADÉLAÏDE.

L'amour me rend ingrate envers un frère ; sa perte seule devroit faire répandre mes pleurs, & je les verse pour un amant.

SCÈNE III.

LA COMTESSE, ADÉLAÏDE.

LA COMTESSE.

Approchez, ma fille : que votre présence calme un moment mes ennuis. Hélas ! votre malheureuse mère doit renoncer à l'espoir d'être heureuse.

ADÉLAÏDE.

Ah ! Madame, banissons à jamais le souvenir de nos malheurs ; le ciel nous réserve un avenir plus fortuné : ma tendresse pour vous, celle de mon père...

LA COMTESSE.

Votre père ! hélas ! Son cœur autrefois sensible à mes peines, partageoit mes chagrins. Sa tendresse ! ah ! ma chère Adélaïde, ce dernier rayon d'un bonheur que je regrette, s'est éteint & augmente ma douleur. La froide indifférence a succédé à l'amour : mes soupirs l'importunent ; insensible à mes larmes, il les voit couler en me jetant des regards dédaigneux.

A D É L A Ï D E.

Barbare!... Pardon, Madame; j'oubliois qu'il est mon père: j'allois l'accuser de cruauté. Comment peut il affliger ma vertueuse mère?

L A C O M T E S S E.

Gardez-vous de le blâmer : obéir est votre devoir ; souffrir est le mien. — Puisse ce jour vous être propice ! ce jour est destiné à vous choisir un époux.

A D É L A Ï D E, *à part.*

Un époux! cachons le trouble qui m'agite.

L A C O M T E S S E.

Votre père m'a ordonné de vous en avertir.

A D É L A Ï D E.

Quel est celui... à qui ma main... est destinée?

L A C O M T E S S E.

Vous en serez instruite par celui qui s'occupe de votre hymen.

A D É L A Ï D E, *se jetant aux pieds de la Comtesse.*

Ah! Madame... ah! ma mère... souffrez qu'à vos pieds...

LA

LA COMTESSE.

Ce dessein ne peut vous affliger… Pourquoi ces alarmes?… Parlez.

ADÉLAÏDE.

Je ne puis… la douleur… la surprise…

LA COMTESSE.

Achevez : confiez vos craintes à une mère qui vous aime.

ADÉLAÏDE.

Hélas! opposez-vous à cet affreux projet, il me réduit au désespoir.

LA COMTESSE.

Ce langage m'étonne ; il cache un mystère qu'il faut me dévoiler. — Ah ciel! j'entends la voix de votre père : retirez-vous, crainte qu'il ne s'offense de votre douleur. Allez, j'irai bientôt vous rejoindre.

ADÉLAÏDE.

Que votre cœur plaide en faveur du mien ; il est tendre, il est capable d'aimer. Si je pouvois me choisir un époux : ah! ma mère, ce choix seroit digne de votre fille. (*Elle sort.*)

C

LA COMTESSE.

Sa douleur, son aversion pour cet hymen, ne sont pas les effets de la crainte. Non, non; leur source est dans son cœur: je n'ose en deviner l'objet. Ah! faudra-t-il, pour l'engager d'obéir, lui plonger un poignard dans le sein? Chaque jour de ma vie est marqué par un nouveau chagrin.... Ah! Edmond! Ah! mon fils: ta mort sembloit combler tous mes malheurs. Hélas! je n'envisage qu'un avenir affreux: le tombeau seul peut m'assurer le repos.

SCÈNE IV.

LA COMTESSE, LE COMTE, AUSTIN.

LE COMTE, *à Austin.*

Vous prévenez mon impatience: à votre aspect, le bonheur & la paix renaissent dans mon cœur. Cette robe, dont la blancheur égale l'albâtre, est le symbôle de votre ame, est l'emblême de votre candeur.

AUSTIN.

La paix est un bienfait du ciel; pour mériter

ce grand bienfait, subjuguez vos passions : c'est
la seule vertu qui distingue les mortels ; la mitre,
la tiare, & tous les ornemens du sacerdoce, n'en
imposent pas autant qu'une action louable fondée
sur la justice.

LE COMTE.

C'est par de telles actions qu'Austin a mérité
le respect du public ; mais, vénérable vieillard,
quel sujet important vous a conduit ici ?

AUSTIN.

Isabelle. — Elle m'a chargé, Seigneur, de sa
gratitude envers vous ; elle ma prié, Madame,
de la rappeler dans votre souvenir, & dans celui
d'Adélaïde.

LA COMTESSE.

L'excès de mes chagrins m'enlève souvent le
plaisir de voir l'aimable Isabelle : les malheureux
sont exempts de s'astreindre aux devoirs : ce pri-
vilége est le seul conservé à l'infortune. Mais,
où est-elle ?

AUSTIN.

Dans l'asyle de l'innocence, dans le sanctuaire
du monastère voisin...

C 2

LE COMTE, *à part.*

Qu'entends-je! (*Haut.*) Une affaire qui ne permet pas de témoins, demande qu'on me laisse avec Austin. Allez, Madame.... dans un autre moment vous lui parlerez d'Isabelle.

(*La Comtesse sort.*)

SCÈNE V.

LE COMTE, AUSTIN.

LE COMTE.

Quoi! tu viens de la part d'Isabelle?

AUSTIN.

Je viens de la part de ton juge, du sien, de celui de ce vaste univers. Isabelle m'a instruit de tes desseins....

LE COMTE.

Tu parois les blâmer....

AUSTIN.

L'amour incestueux peut-il mériter mon suffrage? Si j'avois cette foiblesse, je trahirois ma

foi; je souillerois mon sacré ministère; j'entraî-
nerois ton ame dans la perdition.

LE COMTE.

Ton zèle étouffe ta raison. Avant de prononcer,
écoute moi : je n'ai plus d'héritiers; le seul espoir
de ma famille est, avec mon fils, rentré dans le
néant; tous mes enfans sont péris; depuis dix-
sept ans le ciel a rendu ma couche stérile; la terre
tremble sous mes pas; des météores ardens inspi-
rent l'effroi dans Narbonne. Sais-tu la cause de
ces calamités? Le ciel, oui Austin, le ciel est
offensé de mon hymen avec ma proche parente.

AUSTIN.

Le ciel punit le crime, & non pas un lien vertueux. Mais, pourquoi après vingt ans cet hymen
réveille-t-il tes doutes? Crois-tu m'en imposer
par des remords affectés?...

LE COMTE.

Ton état t'enseigne la modération. Sois humble
& modeste : ce regard menaçant, ce maintien
impérieux messiént aux ministres des autels : ton
orgueil me blesse; apprends à être doux : c'est à
moi d'ordonner; c'est à toi d'obéir.

C 3

AUSTIN.

Pense-tu que pour te plaire je veuille masquer la vérité d'un voile flateur? Loin de parer mon visage d'un sourire méprisable, que ne puis-je imprimer sur mes traits l'horreur que m'inspire ton barbare projet! Que ne puis-je d'une voix égale au tonnerre, t'en pénétrer les oreilles, & la faire passer dans ton cœur!...

LE COMTE.

Ah! si tu connoissois les angoisses qui le déchirent!... Si tu pouvois lire ici... (*en mettant la main sur son cœur*) tu aurois pitié du malheureux Raymond... L'amour & les remords déchirent ce foible cœur... Ah! Austin: sans ces justes remords Hortense y régneroit toujours.

AUSTIN.

Conviens de ta foiblesse; dis qu'un autre objet t'a su plaire; avoue qu'un penchant irrésistible t'aveugle sur les perfections d'Hortense, & peut-être on te plaindra.

LE COMTE.

J'en conviens: mais en t'avouant mon amour, aide-moi à m'y livrer sans crime: je sens la cruauté de mon funeste dessein, & ne puis y renoncer. Comment en parler à Hortense ? Comment en adoucir l'amertume ?...

Austin, *en mettant la main sur la garde de l'épée du Comte.*

En lui plongeant cette arme dans le sein , cette action sera moins barbare...

Le Comte.

Par pitié pour mes peines, écarte loin de moi cette image effrayante ! Va trouver Hortense ; . assure-là qu'elle seule possède mon cœur ; dis lui que le ciel ordonne ce divorce...

Austin.

Prends garde ; le ciel punit l'inconstance...

Le Comte.

Exhorte, prie, n'épargne rien pour la convaincre ; sois le libérateur de ma maison : la main d'Isabelle rendra la paix à Narbonne ; mon hymen avec elle désarmera son père ; il appaisera le ciel, & mon bonheur sera ton ouvrage.

Austin.

Quoi ! tu ne rougiras pas d'épouser celle que tu destinas à ton fils ?

LE COMTE.

Le devoir fit consentir Isabelle à cet hymen.

AUSTIN.

Le devoir dans une ame bien née, étouffe quelquefois l'amour ; mais ne se peut-il pas qu'Isabelle, rendue à sa liberté, ait dessein d'écouter son premier penchant ?...

LE COMTE.

Ah ! quels soupçons réveilles-tu dans mon cœur. Théodore, cet inconnu ; oui, voilà l'objet qu'elle me préfere... Son indifférence pour la perte de mon fils, les circonstances de sa fuite, tout m'annonce que cet inconnu est mon rival, & un rival heureux... C'en est fait, il faut qu'il meure...

AUSTIN.

Quel transport !...

LE COMTE, *à Austin.*

Tu me sers au-delà de mes vœux. Viens, suis-moi ; sois témoin comment se vengera mon amour outragé : j'abattrai la tête de ce fortuné rival, & j'en ferai un funeste présent à l'ingrate Isabelle.

Fin du second Acte.

ACTE III.

Le Théâtre représente une Salle du Château.

SCÈNE PREMIÈRE.

ADÉLAIDE, *les cheveux épars, accourant d'un air alarmé*, JAQUELINE *la suit.*

JACQUELINE.

Ou courez-vous, Madame?

ADÉLAÏDE.

Où le désespoir m'appele.

JACQUELINE.

Vos sens égarés...

ADÉLAÏDE.

Plût au ciel que je fusse privée de ma raison,
je ne sentirois pas le poids de tant de maux.

JACQUELINE.

Rappelez votre prudence...

ADÉLAÏDE.

Ah! Jacqueline, je sens toute la foiblesse de ces larmes! c'est le ciel que je dois invoquer. Quoi! la foudre n'éclate pas? Le plus effrayant tonnerre n'avertit pas mon père qu'il va répandre un sang innocent?

JACQUELINE.

Il n'achevera pas cet affreux sacrifice...

ADÉLAÏDE.

Tu connois mal les ministres de sa cruauté : déja l'échaffaud s'apprête... mais je veux m'opposer à ce coup. Courons implorer la pitié de mon père : embrassons ses genoux; s'il conserve la moindre humanité, il s'attendrira en faveur de Théodore.

·JACQUELINE.

Vous hâterez peut-être son trépas. L'amour de Théodore pour Isabelle cause aujourd'hui sa mort. Croyez-vous qu'un père pardonne en sa fille un penchant qu'il condamne en votre rivale?

ADÉLAÏDE.

Théodore aime Isabelle!... Ai-je pu l'entendre sans maudire mon existence!...

JACQUELINE.

Ces rapports publics sont fondés sur des soupçons : le Comte de Narbonne les accueille...

ADÉLAÏDE.

Parce qu'ils flattent sa cruauté. Non ; Théodore est sincère ; il est incapable d'une si noire trahison. Pauvre infortuné ! pardonne un soupçon qui t'outrage : si ton Adélaïde peut douter de ta foi, renonce à son amour, renonce à la lumière.

JACQUELINE.

Calmez vous, Madame.

ADÉLAÏDE.

Le puis-je, quand tout retrace mon infortune ? Hélas ! j'ai goûté un moment la douceur d'être aimée ; quelle félicité ! & qu'elle me prépare de regrets ! Tranquille dans mon indifférence, mes jours s'écouloient en d'innocens plaisirs. J'ai vu Théodore ; aussi-tôt mon cœur en proie à de nouveaux desirs, connut la crainte & l'espérance ; je soupirai, & j'aspirai à un bonheur chimérique.

SCÈNE II.

Les Précédentes, FABIEN.

FABIEN.

Retirez-vous, Madame ; le Comte de Narbonne va se rendre ici. Occupé d'un projet sanguinaire, vos yeux n'en doivent pas être témoins. Ah ! pourquoi le ciel a-t-il prolongé ma carrière ? Ai je donc tant vécu pour voir la honte de mon maître ?

ADÉLAÏDE.

Sa honte ! quelle tache il imprime sur son nom !... dessein plus que barbare !... (*A part.*) Comment étoufferai-je mes plaintes ?... (*Haut.*) Quel est son projet ?... Que veut mon père ?... C'est de lui que je parle... ce jeune étranger. Eh bien !...

FABIEN.

Le sort qu'on lui prépare me déchire le cœur. Sourd à la raison, votre père ne consulte que sa cruauté. En vain le sage Austin implore sa pitié ; il daigne à peine l'écouter.

JACQUELINE, *à Adélaïde.*

Austin est avec lui ; il nous reste quelqu'espoir !
Mais, que vois-je ! ah ciel ! cette pâleur mortelle.

ADÉLAÏDE, *d'une voix éteinte.*

Je succombe...

JACQUELINE, *en recevant Adélaïde qui s'évanouit
dans ses bras.*

Au secours !... Ah ! Fabien... son ame errante
sur ses levres.... semble attendre l'instant de
s'envoler vers les cieux... Eloignons-nous d'ici :
aidez-moi ; conduisons-la dans son appartement.
(*Jacqueline & Fabien soutiennent Adélaïde, & la
conduisent jusqu'auprès de la coulisse.*)

FABIEN.

Malheureuse Adélaïde !... ton chagrin augmente
ma douleur.... (*Il revient seul.*) Fasse le ciel
qu'un profond assoupissement te prive de tes sens
jusqu'à ce que le crime de ton père soit enséveli
dans un profond oubli ! Plus à plaindre que toi,
je suis forcé de voir cet affreux sacrifice.

SCÈNE III.

FABIEN, LE COMTE, AUSTIN.

AUSTIN.

Tu es un barbare, un tigre avide de sang. Des projets aussi cruels s'opposent à la raison...

LE COMTE.

Qu'importe ; qu'on les condamne : si je me venge, le reste s'anéantit pour moi.

AUSTIN.

Non ; tu n'acheveras pas...

LE COMTE, *à Fabien.*

Qu'on prépare le glaive ; qu'on m'amene le prisonnier. (*A Austin.*) Voilà ma réponse.

(Fabien sort.)

AUSTIN.

Inhumain ! de quel droit le condamnes-tu à périr ?

LE COMTE.

Du droit que le foible respecte : de ma suprême volonté.

A U S T I N.

C'est la loi des tyrans ; c'est l'appanage des bêtes féroces. Tu déshonores ton rang ; tu abuses d'un pouvoir remis à toi par ton Souverain. Quand le Roi t'a confirmé dans la possession du Comté de Narbonne, c'étoit pour être le père de ses sujets, & non pas leur fléau.

L E C O M T E.

Ma modération te prouve le mépris qu'un tel discours m'inspire.

A U S T I N.

Quand la mort aura fermé tes paupières, tremble de paroître au tribunal suprême : c'est alors qu'un juge sévère punira tous tes forfaits.

L E C O M T E.

Mon ame toute entière aux biens terrestres, ignore les accens d'un langage aussi sublime : parle moi d'Isabelle, & je t'écouterai. Ne t'a-t-elle jamais confié quel est l'objet de son amour ?

A U S T I N.
Jamais.

L E C O M T E.
Ton ministère sacré te rend utile à la beauté

craintive : c'est dans le sein d'un homme autorisé à l'écouter sans témoins, qu'une jeune & tendre amante vient déposer les secrets de son cœur : tu jouis de son embarras ; ses discours enflamment tes desirs...

AUSTIN.

Impie ! rougis de profaner, par des propos licentieux, un mystère sanctifié par l'Eglise. Tourne tes regards sur toi-même ; &, si tu peux, vois la corruption de tes mœurs.

LE COMTE.

Eh bien ! je consens à corriger mes défauts ; je fais plus : j'accorde la vie à Théodore ; mais c'est à une condition...

AUSTIN.

Nomme-la.

LE COMTE.

Joins ma destinée à celle d'Isabelle...

AUSTIN.

Périsse plutôt Théodore !

LE COMTE.

Tes vœux vont être accomplis ; le voici.

SCÈNE

SCÈNE IV.

Les Précédens, **THÉODORE** *conduit par des Gardes.*

LE COMTE.

APPROCHE malheureux : je suis instruit de tes crimes ; sans la pitié qui a plaidé un moment en ta faveur, tu ne respirerois déja plus ; mais prépare-toi à mourir.

THÉODORE.

Tant de sévérité a droit de m'étonner, mais elle n'abat point mon courage. Captif pendant long-tems d'une nation barbare, j'accusois les féroces Tunisiens de cruauté ; cependant je vois qu'ils peuvent t'enseigner la tendre humanité, puisqu'un tyran comme toi dispose à son gré de la vie des François.

LE COMTE.

Ta fierté n'empêchera pas ton supplice : reçois les derniers secours de ce pieux consolateur, ou si tu révères le culte de Mahomet...(*Aux Soldats.*) Gardes, qu'on l'entraîne...

D

A U S T I N.

Arrête, barbare !

T H É O D O R E.

Les sectaires du culte que tu méprises, sont prodigues du sang chrétien ; mais en le versant, ils gardent mieux que toi quelqu'apparence de justice. De quoi m'accuses-tu ?

L E   C O M T E.

De ton excès d'insolence. Jeune présomptueux, tu oses prétendre d'allier ton vil sang à celui des héros.

A U S T I N, *à part.*

Que son sort m'intéresse. (*Haut.*) Malheureux inconnu, étouffe un instant ton indignation pour implorer sa clémence.

T H É O D O R E.

Si l'amour a fait mon crime, loin de m'abaisser à tant d'humilité, j'exciterai sa colère en m'a-vouant le plus tendre des amans.

L E   C O M T E.

Téméraire ! oui, tu périras.

T H É O D O R E.

Eh bien! en mourant pour elle, mon supplice
devient un triomphe.

L E C O M T E, *en s'approchant de Théodore pour le frapper.*

Tant d'audace.... (*Austin l'arrêtant.*) Laisse-
moi le percer...

A U S T I N, *à Théodore.*

N'excite point son courroux...

T H É O D O R E.

Qu'il apprenne à respecter mes malheurs. Cet
humble vêtement cache une ame aussi fière que
la sienne... Malgré mon indigence, je ne puis
souffrir son outrageant mépris. — Apprends ,
orgueilleux Narbonne, que le sang qui coule dans
mes veines est aussi noble que le tien.

L E C O M T E.

Tais-toi, vil imposteur. (*Aux Gardes.*) Gardes,
obéissez à votre maître... Quoi! vous hésitez?...

A U S T I N.

Par pitié pour sa jeunesse, suspendez un moment votre courroux. Tant de courage annonce

qu'il n'en impose pas. (*A Théodore.*) Tu fus
captif, dis-tu, des Tunisiens? Ah! réponds-moi
avec franchise! Tu m'inspires un si tendre intérêt;
si tu savois ce qui se passe en mon sein (*en met-*
tant la main sur le cœur,) tu n'hésiterois pas à me
répondre.

THÉODORE.

Tes paroles, ta bonté excitent ma confiance.
A peine sorti du berceau, pendant l'absence de
mon père, les barbares Sarrasins débarquèrent
sur la côte, & l'envahirent; ils m'enlevèrent avec
ma mère, & nous conduisirent esclaves à Tunis...

AUSTIN.

Qu'ai-je entendu! L'espoir, la crainte m'agi-
tent tour-à-tour : je voudrois en savoir davantage,
& tremble de m'éclaircir. Continuez.

THÉODORE.

Nous languimes long-tems dans les fers d'un
cruel Bahac, nommé Hamet, le fléau, la terreur
des côtes de la France.

AUSTIN, *à part.*

Ah ciel! un nouvel espoir me ranime. (*Haut.*)
Ta mère vit-elle encore?

THÉODORE.

Hélas! depuis long-tems elle a succombé sous l'infortune : en expirant elle m'apprit...

AUSTIN.

Eh bien!...

THÉODORE.

Le nom de mon malheureux père...

AUSTIN, *à part.*

Quel trouble m'agite? O nature! épargne à mon cœur ces tendres émotions. (*Haut.*) Ton père... Quel est son nom?...

THÉODORE.

Le Comte de Clarinsal...

AUSTIN.

Que dis-tu?

THÉODORE.

Ah! si vous le connoissez, instruisez-moi de son sort? Dites-moi s'il respire encore?...

AUSTIN.

Ah! providence impénétrable!...

D 3

LE COMTE, *à part.*

Il pâlit! il tremble!...

THÉODORE.

Qu'il venge l'affront qu'on fait ici à son fils...

AUSTIN, *mettant un genouil à terre, les mains levées vers le ciel.*

Eternelle bonté! Dieu tout puissant! tu me rends à la fin mon fils.

THÉODORE.

Son fils? Juste ciel!...

AUSTIN, *en serrant Théodore dans ses bras.*

Oui, je suis ton père; je suis ce malheureux Clarinsal...

THÉODORE, *il se jette aux pieds d'Austin.*

Ah Seigneur! Ah mon père!.... c'est à vos pieds qu'un fils cherche à acquitter la dette de la nature; elle vous priva si long-tems de ses tendres soins...

LE COMTE, *à part.*

Pourquoi leurs transports excitent-ils ma pitié? L'humanité voudroit-elle étouffer en moi l'ardeur de me venger?

T H É O D O R E.

Quel bonheur me réservoit le ciel !

L E C O M T E, *à part.*

J'abhorre leur tendresse ! elle me rappelle la perte de mon fils.

A U S T I N.

Quel heureux événement t'a rendu à ta patrie ?

T H É O D O R E.

La guerre. Condamné à combattre les chrétiens, notre galère rencontra un vaisseau Espagnol : nous fumes vaincus. Le capitaine en apprenant mon nom, détacha mes fers. Je profitai de ma liberté pour voler auprès de vous ; mais je ne trouvai qu'un peuple malheureux, qui m'apprit votre départ. On me dit qu'ennuyé des erreurs ambitieuses, mon père avoit consacré ses jours à la retraite dans un Monastère du Languedoc.

A U S T I N.

C'est dans cette retraite, c'est dans le sein de la paix, de l'innocence, que ton père a trouvé le repos. Mon cœur dorénavant partagé entre le ciel & toi, offrira des vœux à l'un, pour en obtenir le bonheur de l'autre...

D 4

LE COMTE.

Ce bonheur va lui être assuré. Penses-tu, crédule vieillard, qu'à ton exemple j'accrédite une fiction inventée pour désarmer mon bras ?

AUSTIN.

Nos larmes, nos transports, sont un langage qu'on ne peut méconnoître...

LE COMTE.

Tu t'attendris pour conserver ses jours ; mais tu sais à quel prix je veux y consentir. Réponds à mes vœux, sinon qu'il meure : je te laisse le tems d'y réfléchir. (*Aux Gardes.*) Qu'on les observe ; je vous défends, sous peine de la vie, de permettre que personne ne sorte des murs du château. (*A Austin.*) Adieu ; s'il t'est cher, souviens-toi que sa vie dépend de ton obéissance.

(Il sort.)

SCÈNE V.

AUSTIN, THÉODORE.

AUSTIN.

S'il m'est cher! Je vois dans lui l'image de celle pour qui je respirois; ce sont ses traits; c'est le son de sa voix : voilà sans doute les moyens dont s'est servi le ciel pour m'intéresser tout-à-coup en sa faveur.

THÉODORE.

Permettrons-nous à ce tyran de nouveaux atten-tats? Ah! mon père; armez mon bras, & bientôt...

AUSTIN.

Renonce à ce projet audacieux : un bras plus puissant embrassera ta défense. Mon ame inspirée par le ciel, prévoit qu'avant peu le fier Narbonne rampera à nos pieds. Les vastes empires s'enseve-lissent dans la nuit du tems; l'immense globe de la terre rentrera dans la poussière; l'éclatant soleil, les astres brillans perdront leur lumière; l'univers entier retombera dans le chaos : mais toi, père éternel, ta volonté immuable, comme ta puissance, veut que l'opprimé triomphe.

T H É O D O R E.

Ah! mon père : si le ciel confond l'orgueil de mon persécuteur, épargnera-t-il la vertueuse Adélaïde?

A U S T I N.

Adélaïde! quoi! tu connois cette jeune beauté?

T H É O D O R E.

C'est d'elle, c'est de sa tendresse que dépend tout mon bonheur.

A U S T I N, *à part.*

Ah! trop funeste amour, que de maux tu lui prépares! (*Haut.*) Narbonne & moi t'avons soupçonné un autre penchant... Quoi! tu ne soupires pas pour la tendre Isabelle?

T H É O D O R E.

Je ne l'ai vue qu'à l'instant où elle fuyoit ces lieux abhorrés par le ciel. Mais, mon père, entretenons le tyran dans son erreur, elle favorisera mes desseins. Adélaïde étant dans ces murs, peut-être le hasard me conduira auprès d'elle : si Narbonne découvre ma tendresse pour sa fille....

A u s t i n.

Adélaïde y répond-t-elle?

T h é o d o r e, *avec transport.*

Mes transports, mon amour, ma constance,
vous assurent, Seigneur, qu'elle partage mes feux.
Que vois-je! cet aveu semble vous déplaire?

A u s t i n, *à part.*

Fatale passion? mais la fortune lui réservoit
cette dernière rigueur. (*Haut.*) Tu ne peux douter,
mon fils, de ma tendresse pour toi....

T h é o d o r e.

Ah! mon père; je douterois plutôt de la bonté
céleste.

A u s t i n.

Eh bien! mon cher Théodore, il faut renoncer
au fol espoir de posséder...

T h é o d o r e.

Qui? Adélaïde. Ah! c'est plonger un poignard
dans mon sein...

A u s t i n.

Ton amour pour elle est un subtil poison qui
causera ta perte.

THÉODORE.

Qui ? moi ; que je renonce au bonheur d'aimer
Adélaïde ? Ordonnez-moi plutôt de m'arracher
le cœur , & j'obéirai. Si l'insensible Narbonne
m'eut condamné à cet affreux sacrifice, je ne
m'en étonnerois pas ; mais vous, Seigneur, vous
mon père...

AUSTIN.

Ah ! si tu savois combien il en coûte à mon
cœur d'affliger le tien ! mais il faut obéir. Le
ciel, la nature, la loi du destin, tout s'oppose
à ton choix..... Quand le voile qui couvre ta
naissance sera tombé ; quand tu sauras un secret
enséveli dans la nuit du mystère , tu verseras
alors des larmes sur le sort d'Adélaïde , & je
mêlerai mes soupirs aux tiens : jusqu'à ce moment, mon fils , évites-la, fuis-la, comme tu
fuirois l'approche de ta destruction.

THÉODORE.

Je ne puis. — Mais pourquoi prolonger mon
tourment ? Dévoilez - moi cet affreux mystère ?
L'incertitude m'est plus cruelle que les maux dont
je suis menacé.

A U S T I N.

Le tems, les lieux s'opposent à ton empressement. Quand ce moment propice arrivera, c'est alors, mon fils, qu'il faudra t'armer du plus grand courage; c'est alors qu'une ame comme la tienne doit exercer les vertus les plus mâles pour éviter le déshonneur où l'exposeroit un tel hymen. Tu ne seras digne de ton nom qu'en sacrifiant l'amour à la justice.

Fin du troisieme Acte.

ACTE IV.

SCÈNE PREMIÈRE.

ADÉLAIDE, *seule.*

Mes chagrins accumulent; chaque moment est
marqué par de nouvelles alarmes. Ah! mon cher
Théodore; je n'ai plus rien à craindre pour tes
jours, & ceux de ma mère sont en danger....
Trop malheureuse mère: hélas! ta fille partage
tes chagrins. Mon ame pénétrée de ta douleur,
répéte en frémissant l'arrêt cruel prononcé par ton
époux.... Père barbare! comment as-tu osé lui
avouer ton dessein criminel?... Ces sons terribles
retentissent encore dans mes oreilles étonnées :
« Il faut nous séparer ... le ciel s'offense de notre
» hymen, & m'ordonne d'épouser Isabelle. »
Inhumain! tu outrages le ciel, & tu l'invoques
pour colorer ton crime. Comment un tel projet
a-t-il pu germer dans ton sein? un projet dont
un barbare rougiroit. Mais j'apperçois le pieux
Austin : que sa présence répande le calme dans
mon ame.

SCÈNE II.

ADÉLAÏDE, AUSTIN, JACQUELINE.

ADÉLAÏDE.

Vénérable ministre des décrets éternels, venez consoler nos ennuis : ma mère succombe à ses chagrins ; ma douleur égale la sienne.

AUSTIN.

Calmez-vous, digne objet de la clémence suprême. (*A Jacqueline.*) Quelle langue indiscrete a pu l'instruire de ce triste événement ?

JACQUELINE.

Son père. — Des rapports clandestins avoient déja fait pressentir à la Comtesse l'approche de son malheur ; mais bientôt elle l'apprit par Narbonne même. Il entre dans son appartement, renvoie ses femmes, reste un moment avec elle, court chez Adélaïde ; & les yeux étincelans de colère, nous ordonne de secourir sa malheureuse épouse.

ADÉLAÏDE.

Qui mieux que vous peut soulager sa peine. Ah ! ne lui refusez pas vos secours : vos vertus, votre sainte éloquence ont un pouvoir irrésistible. Ma mère en proie à la plus accablante douleur, est insensible à mes gémissemens : en vain je me prosterme à ses pieds, j'arrose ses mains de mes larmes ; elle me jette des regards mourans, & prononce mon nom d'une voix presqu'éteinte.

A U S T I N.

Impitoyable Narbonne ! quoi ! tu peux sans remords percer ce cœur vertueux : ne sais-tu pas, homme vain & superbe, qu'avec Hortense tu perds ton dernier appui ? Mais la voici : sa beauté, flétrie par le chagrin, conserve encore de l'éclat ; le tems moins barbare qu'un époux, avoit jusqu'ici respecté tant de charmes.

SCÈNE III.

Les Précédens, LA COMTESSE, *les cheveux en desordre.*

L A C O M T E S S E.

Malheureuse Hortense! on te répudie, on te déshonore, & tu respires! J'entends sans cesse ces mots prononcés par celui que j'aime encore : « Le » ciel s'est offensé de notre hymen... Rompons
» des

» des liens qu'il condamne... tu n'as plus d'époux...
» notre union a causé notre infortune. » Ah! c'est
ainsi qu'il récompense ma tendresse.

ADÉLAÏDE.

Hélas! oubliez ce discours affligeant; le vertueux Austin vous en conjure : ah! ma mère,
soyez attentive à sa voix... voyez ses larmes...

LA COMTESSE, *en regardant Austin d'un air
attendri.*

Quoi! vous pleurez; & c'est moi qui excite
votre pitié?

AUSTIN.

Eh! comment ne point s'attendrir sur tant
d'infortunes.

LA COMTESSE.

Dans cet état accablant j'accusois tous les hom-
mes de cruauté; mais je vois qu'il en est de sen-
sibles à ma peine. Ah! si vous m'aviez refusé la
pitié, j'aurois raconté mes chagrins aux flots
irrités, j'aurois invoqué l'attention des tigres,
j'aurois accusé le ciel d'injustice...

AUSTIN, *en approchant de la Comtesse.*

Modérez ces transports...

E

LA COMTESSE.

Eloignez-vous ; un crime inconnu m'a mérité la vengeance céleste ; la destruction précède mes pas ; mille horreurs m'environnent ; mes regards, mes soupirs engendrent la terreur ; la paix s'envole à mon aspect : Raymond me l'a dit.

AUSTIN.

Raymond est un vil imposteur...

LA COMTESSE.

Je suis, dit-il, l'auteur des calamités publiques...

AUSTIN.

Qu'il en accuse ses propres vices...

LA COMTESSE.

Par pitié pour moi, n'accablez pas celui... qui fut mon époux. — Ah ! ma chère Adélaïde, tu n'as plus de père : si Raymond a pu briser la chaîne de l'hyménée, respectera-t-il les liens de la nature ?.... Console-toi, ma fille ; un même sort nous attend : le ciel touché de ta jeunesse, conservera ta mère pour protéger ton innocence.

ADÉLAÏDE.

Hélas ! si votre fille vous est chère, feignez,

s'il se peut, un calme passager : mon cœur opprimé
par l'infortune, a besoin d'une erreur pour empêcher son désespoir.

LA COMTESSE.

Oui, je sens l'excès de ma foiblesse : ces larmes,
ces cris ne ramèneront point un époux volage.
Son cœur enflammé pour un autre objet, est insensible à mon amour. Fatal aveuglement! Quoi! je
ne voyois pas qu'il préféroit Isabelle? Voilà la
source de ses froideurs, de tant d'indifférence;
tandis qu'en secret j'en gémissois, le perfide
méditoit ma ruine.

AUSTIN.

Essuyez vos larmes, Madame; une ame comme
la vôtre trouvera le repos dans la vertu. Quand la
main accablante de l'adversité impose son joug
pesant sur le vicieux, l'innocent triomphe encore
dans les revers.

LA COMTESSE.

Mes maux ont besoin d'autres consolations : le
coup dont ce cœur est blessé demande de plus
puissans remedes. Hélas! ne pourriez-vous attendrir Raymond en ma faveur?

E 2

A U S T I N.

J'en désespère, Madame.

L A C O M T E S S E.

Eh bien ! qu'il se livre sans contrainte à son nouveau penchant ; qu'il se prosterne aux pieds d'Isabelle : mais qu'elle l'accable de rigueurs ; alors, peut-être, alors Raymond sentira les peines que j'endure... (*A Austin.*) Pardon, saint homme ; ces transports indiscrets vous offensent.

A U S T I N.

N'étouffez point ce juste ressentiment ; un cœur ulcéré par tant d'outrages, peut sáns crainte se livrer aux reproches, jusqu'à ce que la raison y établisse la paix.

L A C O M T E S S E.

Oui, je sens la fierté succéder à l'amour : je sens qu'un tyran est indigne de regrets.

A U S T I N.

Godefroy vous vengera de ses mépris...

L A C O M T E S S E.

Godefroy a juré sa perte.

A U S T I N.

Demain à l'aube du jour Godefroy va se rendre
ici. Ne craignez rien, Madame ; il respectera vos
malheurs. Le sort des armes si redoutable pour
Raymond, n'atteindra point sa fille ni son épouse.
Pour mieux vous rassurer , je brise les chaînes qui
me retiennent prisonnier dans ce château ; je
cours vous préparer un asyle dans le sein de la
paix : c'est dans notre Monastère qu'est fixé le
terme de tous vos maux…

L A C O M T E S S E.

Ah! dites plutôt dans le sein de la terre.

A U S T I N.

Non, non ; le ciel content de votre patience,
vous réserve des jours plus fortunés. Adieu, Madame ; recevez tout ce qu'un indigent peut offrir,
des vœux & des prières. (*Il sort.*)

SCÈNE IV.

LA COMTESSE, ADÉLAÏDE.

ADÉLAÏDE.

AH! ma mère; si le ciel est attentif aux souhaits de votre fille, après tant d'alarmes il vous accordera le sommeil : vos sens accablés ont besoin de repos. Venez, Madame; je veillerai auprès de vous : je tâcherai, par les sons harmonieux de mon luth, d'adoucir vos chagrins.

LA COMTESSE.

Que ces soins consolans ont de charmes! Mais, hélas, occupons-nous plutôt d'implorer la clémence divine. Allez, ma chère Adélaïde; allez vous prosterner sur le tombeau d'Alphonse : appaisez, s'il se peut, par vos prières, ses mânes offensées : invoquez sa pitié; qu'il détourne de nous la colère du ciel. Adieu; je vais dans ma triste retraite attendre votre retour. (*Elle sort.*)

ADÉLAÏDE, seule.

Oui; j'invoquerai le maître de l'univers, mais ce sera pour vous, ma mère, pour vous dont la vertu doit être mon exemple. Quelqu'un porte ses pas vers moi.... Que vois-je! c'est Théodore. Dieu tout puissant soutenez-moi.... Théodore semble inquiet... Quel est ce papier qu'il examine si attentivement?... Il pâlit: quoi! la lecture d'une lettre peut faire trembler celui qui ose braver tous les dangers?... Il paroît agité: ah! sans doute, ce papier renferme un grand mystère! Ecartons-nous; & s'il est menacé d'un nouvel attentat, volons à son secours.

(*Elle se retire à l'écart.*)

SCÈNE V.

THÉODORE, *un papier à la main.*

Voila donc enfin l'arrêt de mon sort. Mon père vaincu par mes larmes, m'a remis en tremblant ce papier important. Lis, m'a-t-il dit, & vois quelle raison t'oblige à fuir Adélaïde.... Tout s'oppose à ma curiosité; je crains, & voudrois m'éclaircir de ce mystère... Quelle secrete terreur s'empare de tous mes sens! Ma vue s'obscurcit; mon cœur palpite; ma main tremble... Ah ciel! je ne sais ce que je fais.... Allons, courage mon ame; ce papier renferme le terme de tous tes maux... Mais, pourquoi hâter mon infortune ? Insensé ! pourras-tu vivre sans Adélaïde. (*Il l'apperçoit.*) Juste ciel ! voilà l'objet charmant qu'on cherche en vain à me faire oublier. (*Il remet le papier dans sa poche.*) C'en est fait ; livrons-nous plutôt au bonheur d'un moment aussi propice.

SCÈNE VI.

THÉODORE, ADÉLAIDE.

ADÉLAÏDE.

J'interromps peut-être des loisirs consacrés à toute autre que moi.

THÉODORE.

Ah ! cher & tendre arbitre de mes jours, ne m'enviez pas un plaisir accordé par le hasard ! Absente, votre image est gravée dans mon cœur ; jugez de ma joie quand le sort nous rassemble.

ADÉLAÏDE.

Occupons-nous du bonheur qui vous rend à votre père. Ah ! mon cher Théodore, malgré l'abîme affreux qui se creuse sous mes pas ; malgré le funeste avenir dont je suis menacée , mon ame toute entière à votre félicité, oublie ses craintes pour partager cet heureux changement.

THÉODORE.

Généreuse Adélaïde! je ne puis en jouir sans vous.... Hélas! vous le dirai-je: de nouveaux obstacles semblent vouloir encore s'opposer à nos vœux.

ADÉLAÏDE.

Juste ciel! qui cherche à nous désunir!

THÉODORE.

Dans l'aurore de notre passion, je n'avois à craindre que l'orgueil de Raymond, & aujour-d'hui... Ah! comment vous l'apprendrai-je?

ADÉLAÏDE.

Achevez...

THÉODORE.

Ce Clarinsal; ce vénérable Austin; ce père si tendre...

ADÉLAÏDE, *d'un ton alarmé.*

Eh bien!...

THÉODORE.

M'ordonne de vous quitter.

ADÉLAÏDE, *d'un ton douloureux.*

Ce dernier trait manquoit à mon malheur. —
Mais, quelle est mon offense? Je respecte, je
révère, j'aime Austin...

THÉODORE.

Il rend justice à vos vertus; mais son austère
prévoyance prétend qu'un affreux mystère défend
notre hymen. (*Avec transport.*) Ne vous alarmez
pas: ah! périsse plutôt l'univers avant que j'o-
béisse.

ADÉLAÏDE, *après un moment de silence.*

Je pénètre aisément cet épouvantable secret:
c'en est fait, Théodore; obéissez à votre père;
recevez de sa main une épouse plus digne, plus
belle...

THÉODORE.

Plus belle! Le ciel & la nature, en vous for-
mant, épuisèrent sur vous tous leurs bienfaits.

ADÉLAÏDE.

Epargnez-moi un langage si tendre; je ne puis
ni ne dois plus l'écouter.

THÉODORE.

Mon père, sans doute, blessé de la fierté de

Raymond, m'ordonne de vous fuir pour se venger de ses mépris ; mais témoin de notre constance, tant d'amour l'adoucira.

ADÉLAÏDE.

Ne nous flattons pas d'un vain espoir : Austin guidé par la justice, dédaigneroit une si foible vengeance sans des motifs puissans. Une cause secrète, mais fatale, l'indispose contre notre union... Je ne puis vous en instruire... Peut-être lui - même vous l'apprendra... Adieu ; je vais arroser de mes larmes la froide tombe du malheureux Alphonse : si vous pouvez vaincre la répugnance de votre père, & le faire consentir à notre hymen, venez m'apprendre à ce tombeau cette heureuse nouvelle, ou m'enseigner à vous oublier.

(Elle sort.)

THÉODORE, seul.

A m'oublier ! arrachez-moi plutôt la vie. Profitons du moment qu'elle m'accorde pour m'éclaircir enfin de ce fatal secret. (Il tire de sa poche le papier, & lit :) « Tu es le légitime héritier du » Comté de Narbonne ; Alphonse est ton aïeul. » — Qu'ai - je appris ! Quoi ! l'usurpateur de ce vaste domaine y ose insulter le maître légitime ? Punissons son audace ; mais n'est-il pas le père

d'Adélaïde? Jusqu'ici rien ne condamne mon hymen avec elle, & cet emportement briseroit tous nos liens. Allons: achevons la lecture de cet écrit mystérieux. Pourquoi suis-je ému? (*Il continue de lire.*) « Quand un zèle religieux arma le
» bras des chrétiens, chef d'une troupe des plus
» vaillans chevaliers, ton aïeul Alphonse la con-
» duisit en Palestine : des vents contraires le
» rétinrent quelque tems à Naples ; il y contracta
» un mariage clandestin avec la fille du Comte
» de Vicenza : & dans la crainte que cette union
» n'empêchât ses desseins pieux, il remit à son
» retour le soin de le publier. Ta mère naquit
» pendant son absence, & coûta la vie à ton
» aïeule : son époux Alphonse périt en Palestine
» par la plus noire trahison ; il mourut empoi-
» sonné.... » (*Théodore paroît vivement agité. Austin qui s'étoit tenu à l'écart au commencement de la lecture de la lettre, approche tout-à-coup.*)

SCÈNE VII.

THÉODORE, AUSTIN, *en s'approchant
d'un air sévère.*

AUSTIN.

PAR l'aïeul d'Adélaïde. — Le perfide Raymond ajoutant la fraude au crime, forgea un testament qui nous dépouilla de nos droits. A peine fut-il maître de Narbonne, que le ciel punit son usurpation, & manifeste encore sa colère sur ses enfans : juges si tu peux t'allier à l'assassin d'Alphonse ?

THÉODORE.

Adélaïde n'est point coupable : pourquoi souffriroit-elle des fautes de ses parens ?

AUSTIN.

Il est des offenses qu'un siecle de vertus peuvent à peine expier.

THÉODORE.

C'est une erreur enfantée par l'orgueil ou l'ignorance ; c'est un préjugé utile à l'envie pour opprimer le mérite. Non, non, mon père ; le ciel dans sa justice punit le criminel, mais protége l'innocent.

AUSTIN.

Crois-tu qu'on te cèdera paisiblement ton patri-
moine ? Raymond t'opposera la force...

THÉODORE.

Les armes décideront alors de nos droits...

AUSTIN.

Insensé! prétends-tu, couvert du sang de Raymond, conduire sa fille à l'autel?

THÉODORE.

. Ah! quel doute affreux réveillez-vous dans
mon ame!

AUSTIN.

Si le meurtre d'Alphonse, si mon infortune ne
peuvent te toucher, songe au triste sort de ta
mère...

THÉODORE.

Hélas! pourquoi m'avez-vous désabusé? La
médiocrité, la misère même m'eussent paru préférable à l'effort où m'expose ma naissance....
Mais, que vois-je!

SCÈNE VIII.

Les Précédens, ADÉLAIDE, FABIEN.

ADÉLAÏDE, *d'un air effrayé.*

OU fuir?...

THÉODORE.

Quel danger vous poursuit?

ADÉLAÏDE.

Le peuple mutiné accourt en foule au château, & menace de s'en emparer. Dans sa fureur insensée, il reproche ses malheurs à mon père, l'accuse de plusieurs crimes, jure de l'en punir, & proclame Godefroy son légitime Prince.

AUSTIN.

Allons par notre présence appaiser ce tumulte : suivez-moi, mon fils. (*Il sort.*)

ADÉLAÏDE, *à Théodore.*

Pensez à votre sûreté. Cette porte conduit à l'arsenal : armez-vous ; & n'oubliez pas qu'Adélaïde vous conjure d'avoir soin de vos jours.

THÉODORE.

Que ce jour soit marqué par la victoire : Raymond, témoin de ma valeur, jugera si Théodore qu'il méprise est indigne de sa fille. (*Il sort avec Fabien du côté opposé à celui par lequel Adélaïde se retire.*)

Fin du quatrième Acte.

ACTE V.

Le Théâtre représente un vestibule du Château.

SCÈNE PREMIÈRE.

LE COMTE, AUSTIN, FABIEN, PRISONNIERS, GARDES : THÉODORE,

en armure, s'arrête dans le fond du Théâtre.

LE COMTE.

Qu'on entraîne ces rebelles ; qu'une affreuse prison leur apprenne à mépriser des révélations chimériques : c'est en les punissant qu'ils sentiront l'erreur de leur crédulité. (*Les Gardes emmenent les prisonniers.*)

FABIEN.

Quel sang rougit la terre ? Ah ! Seigneur, c'est le vôtre.

LE COMTE.

Quoi ! mes perfides vassaux n'ont pas craint

F

de souiller leurs mains du sang de leur maître ? voilà le fruit des conseils de Godefroy.

A U S T I N.

Ce n'est pas Godefroy qu'il faut accuser...

L E C O M T E.

C'est toi, peut-être : mais non, tu priois tandis que l'on combattoit ; ton bras m'eût mieux servi que tes prières.

A U S T I N.

Impie ! malgré ton ingratitude, sache que tu dois la vie à la valeur de mon fils...

L E C O M T E.

A ton fils ! (*A part.*) J'eusse préféré mille fois le trépas. (*Haut.*) Mais, où est ce fils valeureux ?

A U S T I N, *montrant Théodore qui s'avance
vers le Comte.*

Le voici...

L E C O M T E, *d'un air épouvanté.*

Juste ciel ! quel objet terrible s'offre à ma vue. Eloigne-toi...... sors-tu de la nuit du tombeau pour répandre ici l'épouvante ?... Pourquoi reviens-tu parmi les vivans ? Réponds : parle. (*A Fabien.*) Dis : est-ce lui ?

FABIEN.

Qui, Seigneur?...

LE COMTE.

L'infortuné Alphonse. Oui, c'est lui; c'est son maintien; c'est son armure. — Ombre terrible & imposante, quel dessein te ramene sur la terre? Parle: dicte-moi ta volonté; tu es le maître de ces lieux.

THÉODORE.

Rassurez-vous, Raymond; je suis le malheu-reux Théodore...

LE COMTE.

Toi, Théodore? Non, non; je reconnois en toi le grand Alphonse: cette armure...

FABIEN.

Théodore s'en est couvert pour voler à votre secours.

LE COMTE, *à part.*

Mes yeux fixés malgré moi sur cet objet odieux, réveillent en moi une terreur secrete. Ah! sans doute le ciel a décidé ma perte.

AUSTIN, *bas à Théodore.*

Cette ressemblance avec ton aïeul te deviendra favorable.

THÉODORE, *bas, avec transport.*

Ah ! mon père ; elle ranime mon espoir.

AUSTIN, *bas à Théodore.*

Demain d'autres prodiges lui désilleront les yeux. (*Haut au Comte.*) Nous avons brisé nos fers pour vous servir ; mais l'honneur nous a ramenés auprès de vous. — Nous rendez-vous enfin la liberté ?

LE COMTE.

Retirez-vous ; puissiez-vous ne jamais reparoître dans ces lieux. (*Il sort avec sa suite.*)

SCÈNE II.

AUSTIN, THÉODORE.

THÉODORE.

Quel orgueil & quelle indigne foiblesse !

AUSTIN.

Il tremble à l'approche de sa ruine ; la prédic-

tion qu'en vain il a cherché à mépriser, va s'ac-
complir par toi. Le peuple de Narbonne, regret-
tant la perte de ton aïeul, a élevé une statue sur
sa tombe ; tu en as les traits, l'armure & le maintien : c'est ton air martial, vive image du grand
Alphonse, qui a frappé d'effroi le coupable
Raymond. Viens, mon fils ; viens t'éclaircir par
toi-même de l'étonnante ressemblance entre toi
& ce héros.

THÉODORE, *en montrant son armure.*

Je ne puis, sous cet aspect meurtrier, me pré-
senter dans le séjour de la paix : permettez-moi
de m'en dépouiller.

AUSTIN.

Garde - toi d'une telle imprudence ! Godefroy instruit de ton retour va se rendre ici ; res-
pectant en toi le légitime successeur d'Alphonse,
il vient t'aider à rentrer dans tes droits : Raymond
disputera les siens ; & c'est alors qu'à l'aspect de
cette brillante armure, l'effroi le vaincra mieux
que la valeur.

THÉODORE.

Non ; je ne combattrai jamais contre le père
d'Adélaïde.

Austin.

Tu redoutes de punir un tyran, & tu ne crains pas de m'offenser. Fils ingrat ! suis-moi : vois la sombre demeure où, pendant dix-huit ans, j'ai pleuré ta perte & celle de ta mère. Mon cœur en proie à la douleur, n'y goûta jamais un moment de repos. (*Il sort.*)

Théodore, *en sortant.*

C'est dans ce Monastère qu'Adélaïde m'a or-donné de l'attendre.

SCÈNE III.

LE COMTE, FABIEN.

Le Comte.

C'en est fait, le peuple est instruit du crime de mon père.

Fabien.

Chacun en frémissant croit voir tomber sur lui la colère céleste.

Le Comte.

Comme un foible ruisseau qui prend des forces

en s'éloignant de sa source, tout récit merveilleux acquiert de même du crédit ; on l'écoute, on l'accueille, on hésite ; & lors même qu'on en combat l'absurdité, on lui prête encore une oreille attentive : mais c'est à nous à mépriser le crédule vulgaire....

F A B I E N.

C'est plutôt à vous à prévenir les dangers où vous expose sa crédulité.

L E C O M T E, *après un moment de réflexion.*

Oui... tu as raison, Fabien ; employons les seules armes que me réserve le destin. Va, cours, ordonne à Thybalt & Rinchild de se rendre ici ; leur audace convient à mes projets. (*Fabien sort.*) Enlevons Isabelle du sanctuaire qui lui sert d'asyle. Téméraire ! peux-tu sans crime prophaner sa retraite ?... Remords importuns !... Ne suis-je pas le maître de dicter ici des loix ?... Ah ! beauté dangereuse ; c'est toi qui m'engage à irriter le ciel par de nouveaux attentats... Mais, pourquoi cette craintive prévoyance ? C'est Austin ; c'est sa morale qui me rend chancelant... Austin n'a-t-il pas intérêt de s'opposer à mon hymen ?... Ah ! n'en doutons plus ; il réserve la main d'Isabelle pour son fils... Oui, ce Théodore tout-à-coup sorti du néant, semble un envoyé du ciel pour se liguer avec Godefroy. N'hésitons plus : prévenons les desseins de mes ennemis ; qu'Isabelle soit mon épouse, ou le gage de ma paix avec Godefroy.

SCÈNE IV.

LE COMTE, DEUX OFFICIERS.

LE COMTE.

APPROCHEZ : que vingt soldats des plus agguerris se rangent sous vos ordres ; dix d'entr'eux garderont l'avenue qui conduit au couvent, tandis qu'un de vous, avec les autres, s'emparera de la porte du monastère. N'en permettez l'entrée qu'à ma suite, sur-tout soyez avare de carnage, & respectez les paisibles ministres des autels. Si vous appercevez une femme dans cette demeure sacrée, venez m'en avertir ; on me trouvera sous le portique du grand Alphonse. Allez. (*Les Officiers sortent d'un côté, tandis que le Comte se retire de l'autre.*)

SCÈNE V.

Le Théâtre représente l'intérieur d'un Couvent. Plusieurs rangs de colonnes d'une architecture gothique forment des arches, au travers desquelles on apperçoit différens tombeaux avec des statues, & dans le centre celui d'Alphonse, avec sa statue en armure. A côté de sa tombe on distingue à la lueur d'une lampe une partie d'un autel.

ADÉLAIDE, *voilée, à genoux devant l'autel; elle se leve & avance d'un pas chancelant.*

LE s ténèbres qui règnent dans cet auguste séjour répandent l'effroi dans mon cœur... Vœux inutiles! Mon ame, toute entière à Théodore, ne pense, ne s'occupe que de lui. Dieu tout-puissant! ce n'est pas ainsi qu'on invoque ta clémence.... Mais Théodore ne vient pas... m'auroit-il déja oubliée? Ce fatal secret n'a-t-il pas éteint sa flamme? Ah! si le ciel me réserve cette dernière rigueur, je n'ai plus qu'à mourir. (*En regardant l'autel.*) Prosternons-nous de nouveau aux pieds de l'éternel; jurons un amour aussi pur que l'encens offert par une main innocente; faisons d'autres efforts pour mériter sa pitié. (*Elle se rend à l'autel & s'y prosterne le visage contre terre.*)

SCÈNE VI.

AUSTIN, THÉODORE.

AUSTIN.

Voici l'asyle sacré où reposent les cendres de tes ancêtres. Regarde : voilà la tombe du malheureux Alphonse ; c'est là que dans la fleur de son âge, un crime abominable l'a plongé... Son ombre plaintive attend une victime, & c'est toi qui doit l'immoler.

THÉODORE.

Ah ! mon père ; quel sacrifice exigez-vous ?

AUSTIN.

Celui d'une ame vertueuse : punis le fier Raymond, & renonce à l'amour de sa fille...

THÉODORE.

Ordonnez-moi de braver tous les dangers, j'y volerai ; mais épargnez-moi la douleur d'affliger Adélaïde.

AUSTIN.

Ah ! mon fils, l'amour a donc éteint dans ton ame tout sentiment d'honneur ? Rougis : pense au sang dont tu sors ; ne le souille pas en t'alliant avec celui d'un assassin.

T H É O D O R E.

Adélaïde est vertueuse ; elle mérite votre pitié..: Mon père ! pourquoi la punir d'un crime qu'elle abhorre ? Rappelez votre justice ; soyez moins sévère que le Dieu dont vous servez si dignement les autels... Hélas ! soyez sensible à mes larmes... ne m'enfoncez pas un poignard dans le sein. (*Il apperçoit Adélaïde.*) Ah ! Seigneur, regardez cet autel ; voilà celle que vous m'ordonnez d'oublier, au moment même où elle invoque le ciel pour nous... Oui, ma chère Adélaïde, je cours, je vole calmer vos ennuis...

A u s t i n, *en le retenant.*

Téméraire !...

T h é o d o r e, *en se dégageant des bras d'Austin.*

Efforts inutiles, l'amour l'emporte sur le devoir.

(*Il sort.*)

A u s t i n.

Allons empêcher sa perte. (*Il sort du même côté par où Théodore s'est retiré.*)

SCÈNE VII.

LE COMTE, *seul.*

D'où naît ma crainte! Est-ce le bruit de mes pas répétés par l'écho des cavernes des morts, ou ces voûtes sacrées qui m'en imposent?... Tout annonce ici le dernier asyle des mortels.... C'est dans ces froides tombes qu'un instant confond le foible & le puissant; c'est dans cette sombre demeure que s'est évanoui l'amour, la haine & tous les sentimens si chers aux humains... Ce solemnel mais terrible silence répand le trouble dans mon ame... Écoutons: j'entends soupirer; des gémissemens semblent sortir du sein des tombeaux. (*Il regarde la statue d'Alphonse.*) Est-ce toi qui me reproche ton trépas?... Quel vénérable aspect! Son regard majestueux paroît encore dicter des loix. — Quelqu'un vient..... Qui ose interrompre le repos des morts?...

SCÈNE VIII.

LE COMTE, DEUX OFFICIERS.

PREMIER OFFICIER.

SEIGNEUR, nous vous cherchons.

LE COMTE.

Vous tremblez ; vous paroissez interdits. (*à part.*)
Ah ciel ! le courage m'abandonne. (*Haut.*) Parlez :
pourquoi cédez-vous à la frayeur ?

SECOND OFFICIER.

Nous ne tremblons pas , Seigneur ; en nous
acquittant de notre devoir, nous n'offensons pas
la justice divine. Nous venons vous annoncer que
nous avons trouvé celle que vous cherchez...

LE COMTE.

Où est-elle ? Hâtez-vous de m'en instruire.

PREMIER OFFICIER.

Regardez là bas ; vous verrez à la foible clarté
d'une lampe les vêtemens d'une femme prosternée
devant un autel.

LE COMTE, *en regardant attentivement.*

Oui ; je reconnois celle qui m'a fui, qui s'est réfugiée dans cet asyle pour se dérober à ma tendresse... Mais, que vois-je ? Austin & Théodore sont avec elle... Quel est leur dessein ?... O rage ! ô désespoir ! Austin les unit. Quoi ! je souffrirai qu'il me brave, qu'il m'enlève par cet hymen mon seul espoir. Non, non, cédons à ma fureur ; punissons la perfide, immolons son amant, & vengeons mon amour outragé. (*Il sort précipitamment.*)

PREMIER OFFICIER.

Ses yeux étincelans de rage, annoncent de grands évènemens.

SECOND OFFICIER.

La crainte de profaner des lieux consacrés aux autels, modèrera ses transports.

PREMIER OFFICIER.

Entends-tu ces cris, ces sanglots, ces horribles gémissemens ; ils me glacent d'effroi. Retirons-nous : voici Narbonne. (*Ils sortent.*)

SCÈNE IX.

LE COMTE, *un poignard à la main, & un moment après* THÉODORE *armé, d'une épée.*

LE COMTE.

JE suis vengé! (*On entend de grands coups de tonnerre.*) Le ciel m'applaudit; ce bruit terrible m'en assure.

THÉODORE, *accourant à lui.*

Vil assassin...

LE COMTE.

Traître! sans ton armure, ce poignard teint du sang de ton amante, uniroit ton sort au sien.

THÉODORE.

O le plus criminel des mortels!

LE COMTE.

Triomphe à présent de Raymond; vois comme il punit les artifices d'un prêtre, & l'orgueil d'un jeune ambitieux. — Mais si tu es sensible à ta perte, (*il lui jette le poignard,*) que ce poignard te console; fais-en un noble usage...

THÉODORE.

Je le plongerois dans ton sein, si d'autres tourmens n'alloient le déchirer.

AUSTIN, *dans les coulisses.*

Qu'on donne l'alarme : au secours ! sauvons-la ; elle respire encore. (*On entend le son de plusieurs cloches se mêler au bruit du tonnerre, & la marche précipitée de diverses personnes qui accourent de toute part.*)

THÉODORE, *au Comte.*

Regarde, & contemple ton ouvrage...

SCÈNE X.

LE COMTE, ADÉLAIDE *appuyée sur* **AUSTIN, THÉODORE** *qui court la soutenir ; plusieurs Religieux vêtus de blanc, entrent d'un côté d'un air effrayé, tandis que de l'autre paroissent les gens de la suite du Comte, avec des torches allumées.*

LE COMTE.

Une terreur mortelle s'empare de tous mes sens. — Ciel ! quel objet se présente à ma vue ?

ADÉLAÏDE,

ADÉLAÏDE, *d'une voix foible.*

Je veux expirer à ses pieds...

AUSTIN, *au Comte.*

Vois l'effet, barbare, de ton aveugle fureur...

LE COMTE.

Juste Dieu! Ah! ma fille; où cacherai-je ma honte & mes regrets?

ADÉLAÏDE.

Ah! mon père; quel est mon crime? Sans doute je suis bien coupable, puisque ma vie doit l'expier.

LE COMTE.

Quelle horreur m'environne! Quel démon a conduit ma main & m'a rendu parricide? Ce voile, cette sombre lumière, mon amour, ma fureur jalouse, tout a conspiré pour me tromper. Ciel pitoyable! prolonge sa vie aux dépens de la mienne... Père malheureux! (*A Théodore.*) Ah! par pitié, purge la terre d'un monstre abominable.

ADÉLAÏDE, *à Théodore.*

Hélas, par pitié pour moi, calmez son désespoir.

G

T H É O D O R E, *en ramassant le poignard, &*
menaçant de s'en frapper.

C'est moi qu'il cherchoit à immoler, il faut
le satisfaire...

A U S T I N, *en lui arrachant le poignard.*

Audacieux ! de quel droit disposes-tu de ta vie ?

A D É L A Ï D E, *à Théodore.*

N'aggravez pas ma douleur par une offense aussi
blâmable... vivez pour moi... conservez le souvenir de ma tendresse. (*Au Comte.*) Ah ! mon
père, si jamais je vous fus chère.... oui, vos
larmes m'assurent que vous m'aimez... Hélas !
réconciliez-vous avec ma mère.... ses chagrins
consument son cœur... puissiez-vous être long-
tems heureux !... Adieu... je succombe.

(*Elle meurt.*)

L E C O M T E.

Elle expire, & fait des vœux pour son assassin !
Terre engloutis-moi ! enfer invente de nouveaux
tourmens ! Mais les démons s'épouvantent à mon
aspect : ah ! où fuir, où trouver un asyle.

T H É O D O R E, *après avoir regardé attentivement*
le corps d'Adélaïde.

C'en est fait... ses beaux yeux son fermés

pour toujours!... Ah! ma chère Adélaïde....
Dieu tout-puissant, est-ce là le sort que tu
réserves à la vertu? Non, je ne vous survivrai
pas; qu'un même tombeau nous unisse.

(*Il sort précipitamment.*)

A U S T I N.

Qu'on l'observe, qu'on empêche son désespoir;
il augmenteroit le mien.

S C È N E X I.

Les Précédens, LA COMTESSE, *accompagnée
de ses Femmes, & suivie de* FABIEN *& d'autres
personnes de la suite du Comte;* AUSTIN *court
au-devant de la Comtesse.*

L A C O M T E S S E, *à Austin & à ses Femmes.*

Non, vous ne me retiendrez pas; je veux
m'instruire du malheur dont je suis menacée.

A U S T I N.

Puissiez-vous l'ignorer toujours!

L A C O M T E S S E.

Ces cris, ces larmes, ce bruit épouvantable du

G 2

tonnerre, votre effroi, tout m'annonce le plus affreux désastre. Où est ma fille? (*Elle regarde du côté où est Adélaïde.*)

AUSTIN.

Ah! malheureuse mère.

LA COMTESSE, *s'élançant sur le corps de sa fille.*

Destin cruel!... Dieu tout-puissant... Adélaïde! ma seule, mon unique consolation; parlez, répondez aux vœux de votre amie, de votre mère.... Mais elle est immobile; elle est couverte de sang: quelle main barbare m'a privé de ma fille?

LE COMTE.

Ah! que ne puis-je me plonger dans la nuit du chaos!...

AUSTIN, *à la Comtesse, en voulant l'arracher d'auprès d'Adélaïde.*

N'augmentez pas votre désespoir.... Hélas! Madame, renoncez à des plaintes inutiles; Adélaïde plus heureuse que nous, jouit d'une éternelle paix.

LA COMTESSE.

Le ciel m'a privée de mon bonheur, & vous ne voulez pas que je me plaigne: ah! plutôt, que n'ordonne-t-il à l'assassin, au meurtrier de ma fille, d'assouvir sa rage sur moi? Me voici: qu'il frappe; je vole au-devant de ses coups: nommez-le moi; où est-il?

LE COMTE,

Le voici...

LA COMTESSE.

Exécrable tyran, digne fils d'un père barbare : quoi! tu as commis cet horrible attentat? Tu es avide de sang, & tu épargnes le mien! pourquoi n'as-tu pas ouvert mon flanc? Victime déja de ton ambition, de ton inconstance, de tes desseins criminels, tu pouvois m'immoler sans crainte; mais non, il te faut de plus grands sacrifices: ta fille...

LE COMTE.

Epargnez-moi ce cruel langage, vous serez vengée. J'espérois d'expier mes crimes par un sincère repentir; mais je suis abhorré de vous, du ciel, de la nature entière : (*il ramasse son poignard,*) voilà le seul remède à tant de maux. (*Il se tue.*)... Dieu miséricordieux! pardonnez s'il se peut, cette dernière offense. (*Il meurt.*)

LA COMTESSE, *reste un moment immobile, puis regarde le corps du Comte d'un air égaré.*

La pâle mort m'environne.... Ici un époux expirant... là ma fille privée de la vie... Juste ciel, quel spectacle affreux!... où suis-je?... Ah! je reconnois ces lieux ; c'est devant ces autels!... dans des jours plus heureux, les mains levées vers le ciel, j'y rendois graces à l'éternel d'être l'épouse de Raymond, d'être la mère d'Adélaïde. (*Elle tombe à genoux.*) Souverain maître de l'univers, toi qui d'un seul regard pénètre nos cœurs, sois encore attentif à ma voix: arraches-moi aux maux qui m'accablent; prends pitié d'une foible mortelle écrasée sous le poids de l'infortune; joins mon destin à celui de ma fille... Hélas! pardonne à mon époux.

(*Elle s'évanouit dans les bras de ses femmes.*)

A U S T I N.

Malheureuse Hortense! (*En regardant le corps d'Adélaïde.*) Et toi dont la vertu méritoit un meilleur sort, reçois mes regrets. (*En fixant les yeux sur le corps du Comte.*) Ah! trop aveugle mortel! si ton repentir égale tes crimes, le ciel sans doute a pardonné tes forfaits. (*A ceux qui l'environnent.*) Les décrets suprêmes sont accomplis, le comté de Narbonne va jouir du repos. Rassemblez-vous demain vers la tombe de l'illustre Alphonse, vous y apprendrez des secrets étonnans ; vous y verrez votre légitime Prince. C'est ainsi que la Providence, par d'admirables décrets, punit le crime, & récompense la vertu.

F I N.

NOTE POUR LE RELIEUR.

Pièces sous la nomination de la première époque du Théâtre Anglois. (1)

Œuvres de BEN-JOHNSON, 2 volumes.

Premier volume.

Le portrait de l'Auteur.
L'avant-propos.
Les Mystères, Moralités, &c.
Dissertations sur l'art dramatique des Anglois.
Chaque Homme dans son caractère, Comédie.

Second volume.

Séjan, Tragédie.
Catilina, Tragédie.

Première époque.

Œuvres de NICOLAS ROWE, Écuyer, 1 volume.

Le portrait de l'Auteur.
La vie de l'Auteur.
La Marâtre ambitieuse, Tragédie.
Jane Shore, Tragédie.

---

(1) Le Prospectus ci-joint expliquera ces époques, & le motif pour lequel les Traducteurs ont divisé le Théâtre Anglois en trois époques.

Première époque.

Mélanges.

Premier volume.

Les Événemens imprévus, Comédie, par Fletcher &
Beaumont, avec la vie des Auteurs.

Le Prodige , Comédie , par Mistriss Centlivre,
avec la vie de l'Auteur.

Second volume.

Le Mari poussé à bout, Comédie, par Vanbrugh
& Cibber.

Les Amans généreux , Comédie , par Sir Richard
Steele.

Seconde époque du Théâtre Anglois.

Œuvres de DAVID GARRICK, Écuyer.

Premier volume.

Le portrait de l'Auteur.
La vie de l'Auteur.
Le Valet menteur, Comédie.
La Fille de quinze ans , Comédie.
L'Illiput , Comédie.
Les Valets singes de leurs Maîtres , Comédie.

Second volume.

Le Mariage clandestin , Comédie.
Cymon , Divertissement dramatique.
Les Mœurs du tems , ou le Bonton , Comédie.

Seconde époque.

Mélanges.

Un volume.

Le Mari soupçonneux, Comédie, par Benjamin Hoadley.

Médée, Tragédie, par M. Glover.

Troisième époque du Théâtre Anglois.

Œuvres du Révérend WILLIAM MASON.

Un volume.

Elfrida, Tragédie, sur le modèle des Tragédies Grecques.

Caractacus, Tragédie.

Œuvres de Mistriss HENRIETTA COWLEY.

Un volume.

Le Belle Artificieuse, Comédie.
Qui préférera-t-elle ? Comédie.

Œuvres de BRINSLEY SHERIDAN, Écuyer.

Un volume.

Les Rivaux, Comédie.
L'École de la Médisance, Comédie.

Mélanges.

Un volume.

La Nymphe des Chênes, Divertissement dramatique, par le Général Burgoyne.

Le Comte de Narbonne, Tragédie, par Robert Jephson, Écuyer.